가만히 있어도 끌리는 사람

가만히 있어도 끌리는 사람

펴낸날   초판 1쇄 2023년 4월 15일

지은이   김순복
펴낸이   서용순
펴낸곳   이지출판

출판등록   1997년 9월 10일
등록번호   제300-2005-156호
주소   03131 서울시 종로구 율곡로6길 36 월드오피스텔 903호
대표전화   02-743-7661 **팩스** 02-743-7621
이메일   easy7661@naver.com
인쇄   ICAN
물류   (주)비앤북스

값 12,000원

ISBN 979-11-5555-198-1 03810

김순복 제3시집

가만히
있어도
끌리는 사람

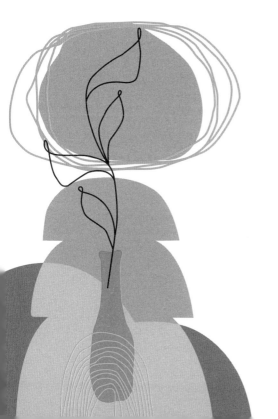

이지출판

먼저 김순복 시인의 제3시집 발간을 축하드린다.

시집에 담긴 시를 읽으면서 이 시인은 시를 참 잘 쓴다는 생각이 들었다. 김순복 시인이 처음 시에 관심을 보인 것은 2020년 말이다. 당시 ㈜한국강사교육진흥원장으로 있으면서 '감성시 쓰기 공식 10'에 대한 특강을 부탁했고, 그 특강을 듣는 사람들이 좋아하는 것을 보고 시 쓰기 강좌를 열고 싶다고 했다. 가벼운 마음으로 "그럽시다!" 대답한 게 현실이 되어 시 쓰기 공부 동아리가 계속 이어졌고, 그 과정을 운영하면서 "나도 쓰고 싶다"는 말을 했다. 그로부터 매년 시집을 발간하고 있다.

시를 많이 쓰고 단시간에 시집을 여러 권 펴내면 중복되거나 시의 깊이가 없다는 지적을 받을 수도 있는데, 막상 김순복 시인의 시집을 읽어 보면 깜짝 놀라게 된다. 일상에서 잡은 다양한 시상으로 쉽게, 그러면서 읽을 때마다 새로움을 느끼게 만드는 시적 전개에 놀라지 않을 수 없다.

시인이 먼저 감동하고 그 감동이 독자에게 이어지게 하는 시집! 처음 감성시를 배우는 사람이나 시집 한 권을 내고 더 이상 시를 쓸 수 없다며 어려움을 호소하는 시인은 그 답이 담긴 이 시집을 읽어 볼 것을 권한다.

다시 한 번 이 멋진 시집을 발간한 김순복 시인에게 축하를 드리며, 앞으로 감성시인으로서 또 감성시를 가르치는 지도자로 자리 잡을 수 있도록 함께할 것을 약속드린다.

커피시인 윤 보 영

2020년도 연말, ㈜한국강사교육진흥원에서 윤보영 시인학교를 처음 개설해 운영하며 감성시를 접했다. 운영하다 보니 시를 써 보고 싶다는 생각이 들어 바로 행동에 옮겼다. 2021년도부터 감성시를 쓰기 시작해 3집을 출간한다.

바쁨 속에서 시상이 떠오르지 않아 애를 먹는 경우가 있지만 대부분 몇 분 안 걸려 뚝딱 써 내려가곤 한다. 감성시는 누구나 쉽게 감동하고 이해하기 쉬운 시다. 쉬운 시이기에 쉽게 쓸 수 있는 것 같다.

각박한 세상에 이해하기 어려운 시를 접하면 어쩌면 더 머리가 아파질지도 모른다. 치열하게 열심히 살아가는 독자들에게 쉬운 감성시를 통해 잠시 몸과 마음이 머물다 갈 수 있는 치유의 공간이 되길 바라며 가볍게 쓰고 있다.

또한 ㈜한국강사교육진흥원에서는 일반인을 대상으로 한 전국 감성시 공모전에 이어 전국 어린이 시 공모전, 전국 장애인 감성시 공모전까지 진행하며 사람들의 감성을 일깨우고 있다.

감성시를 통해 '가만히 있어도 끌리는 사람' 그런 사람 한 명쯤 가슴에 담아 두고 행복한 미소로 아름다운 삶을 채워가길 바란다.

2023년 어느 멋진 봄날에
㈜한국강사교육진흥원장 김 순 복

차례

2부_ 그리움으로 스며드는 생각

3부_ 그대 얼굴로 피어난 꽃

4부_ 그대가 어깨를 내미는 순간

5부_ 그대 향기 가슴에 담고

1부

사랑은 더해야 행복하고

행복

아침에 눈을 뜨면
할 일이 있다는 것
특별히
아픈 곳이 없다는 것

하지만 내게
가장 큰 행복은
보고 싶은 당신이 있다는 것!

그대 생각

비 온 뒤
대나무 숲에
죽순이 자란다

그대를 만난 뒤
그리움도 그렇다

대나무 숲처럼
빼곡하게 자라
하늘 높이 커져만 간다

심장이 뛴다
그대 그리움이
많이 자랐나 보다

시소

오르락내리락
균형이 맞아야 재미있는
시소 놀이

상대를 올려 주면
그 덕으로
나도 올라가는

시소를 탄다
평생
사랑을 탄다

엉덩방아

길을 걷다가
그대 생각을 꺼냈다
자갈길이 꽃길로 변했다

나풀나풀 걷다
쿵~
엉덩방아를 찧었다

그대가
바로
눈앞에 있어서

쿵 쿵 쿵!
앉은 채로
심장이 뛴다

몸무게

몸무게가 궁금하면
떨리는 마음으로
체중계에 올라서고

그대가 보고 싶으면
두근거리는 마음으로
그대 생각을 꺼낸다

몸무게는
빠져야 기분이 좋고
사랑은
더해져야 행복하고

등대

항로 표지로
위험한 곳을 알려 주려고
불을 밝히는 등대!

선배 강사 멘토로
강사가 되는 길을 이끌어 가기 위해
조언해 주는 나!

"나도 등대 맞지?"

수면 양말

늘 얼음장처럼 차가운 발
수면 양말을 신는다
그대 사랑처럼 포근하다

몸이 따뜻해진다
마음마저 포근한 밤!

따뜻한 양말도 신었는데
우리
꿈속에서 만날까?

전등과 나

전등은 전기의 힘으로
밝은 빛을 내고
나는 그대 사랑으로
행복한 일상을 펼친다

전기가 없으면
촛불 켜고 살 수 있지만
그대 없이는
한순간도 못 산다

이게 사랑이고
이게 내가 사랑하는 이유다

개구리 올챙이 적

개구리
올챙이 적 모른다는 말이 있지요

마음이 불편할 때
가끔 뒤돌아보며
초심을 깨우는 말

나를 바로 세워 주는
개구리 올챙이 적이란
이 말!

더 큰 사람이 되라는 뜻으로
가슴에 담았어요

자신감이 넘치는
커다란 연못이 담겼어요

마음 자루

자루는
물건을 담는 주머니
마음은
생각을 담는 주머니

자루에
그대 생각을 옮겨 담았다
웃는 얼굴이
꽃으로 피었다

네 잎 클로버

행운을 가져온다는
네 잎 클로버

내 안에
네 잎 클로버가 있다

그대가
내게는 행운!
그 무엇과도 바꿀 수 없고
그 무엇으로도 살 수 없는

오늘

아침에
눈을 떴다
오늘 하루가
기다리고 있었다

'오늘'이라는 선물을
어떻게 사용할까?

눈 뜨자마자 생각나는
그대와 의논해 봐야지?

촛불과 나

촛불은
스스로 몸을 태워
밝은 빛으로 세상을 밝히고

강사는
자기 노력으로 얻은
동기부여로 사람을 변화시킨다

촛불은 사라지지만
강사는 이름을 남긴다

"나는 강사다!"

보물 창고

노트북
배경화면에 이미지를 넣고
바탕화면을 정리했다

보물 창고 폴더에
회원 프로필을 담아
캐비닛에 넣는데
그대가 살짝 신경이 쓰인다

진짜 보물 창고는
내 가슴 깊숙이
그대가 있는 곳이라는 것!
그대도 알고 있겠죠?

거꾸로 시계

해가 바뀌고
벌써 3월 말이다

세상에는
달음박질하는 시계
그대로 멈춰 있는 시계
느리게 가는 시계가 있지만

내게는
거꾸로 가는 시계도 있다
그대와 내가 사는 세상!

지금 행복이 있게
그대를 처음 만났던 날로 돌아가는
행복 시계!

가장 선명한 것

안경을 벗었더니
또렷하게
더 잘 보여요

365일
그대 모습만
따라다녔거든요

나비

온실 금귤나무에
나비 두 마리
연인처럼 앉아 있다

내 마음도
내 안의 그대를 만나고 있다

나비가
아무리 다정해 보여도
우리만큼은 아닐걸?

달

날마다 조금씩
다른 모습
다른 자리에서
수줍은 듯 떠 있는 달

부끄러워 구름 속에 있다가
빼꼼 얼굴을 내미는
새색시 같은 모습에
미소가 지어진다

그대 처음 만난 날
두근거려 숨고 싶었던
내 모습을 닮은 너!

수줍은 모습이
그때 나를 닮아 예쁘다

우물 1

어릴 적
신기한 것 중 하나가
우물이었다

우물에서, 동네
사람들 이야기가 샘솟고
길어 가는 물은 다시 고이고

생각할 때마다
깊어지는 사랑!
그럼
우리 사랑은
우물일까?
샘일까?

사려니숲

쭉쭉 뻗은
편백나무 가득한
제주 사려니숲!

돗자리 깔고
그대와 함께 누웠다
지상낙원이다

바람을 타고
코끝으로 다가오는
편백나무 향!

그대 손잡고
길을 걷다가
편백나무 같은
그대 사랑으로 들어서는 나!

사려니숲 오솔길은
사랑이 샘솟는 길!

내 이름은 달

초승달, 상현달, 보름달
하현달, 그믐달, 낮달…

그대가 너무 보고 싶어
모습을 드러내다가도
부끄러워 이내 숨어야 하는
내 모습 닮은 달!

그대는 태양
나는 달!

그대가 있어서
모습을 드러낼 수 있는
내 이름은 달!

고양이

날마다 밤이면
자동차 천 위에
둥지를 트는 너!

아침이면
발자국과 털로 수북하지만
이뻐서 봐준다

그대의 포근함이
내 보금자리이듯
너도 포근했지?

너로 인해
그대를 생각할 수 있는
이 순간도
선물 같은 행복이다

갯바위

나는 파도
그대는 갯바위!

내 마음이 요동칠 때마다
묵묵히 다 받아주는 그대

그대의 끝없는 사랑에
웃음이 나옵니다.

파도 소리가
고백으로 들립니다

"사랑해!"
"사랑해!"

진열장

물건이나 상품을
진열장에 넣으면
더 귀해 보이지요

우리 사랑도
진열장에 넣으면
더 귀한 사랑이 될까요?

아니아니
너무 커서
맞는 진열장이 없어요

점점 더 커지는데
있다 해도
어떻게 감당하겠어요

소라

빈 소라를
귀에 댔어요

우리 사랑처럼
정겨운 이야기가 들리네요

소라 너!
우리 따라 하지 마

2부

그리움으로 스며드는 생각

모과

정원에서
모과를 수확했어요

그대 사랑처럼
향긋한 모과 향!

모과 향기에도
그대 생각이 담겼습니다

방 안 가득
달콤한 모과 향에
우리 사랑은
더욱 깊어집니다

주머니

사랑을 담으면 사랑주머니
복을 담으면 복주머니

그대를 담으면
그리움 가득 담긴
나
바로 나!

첫 발자국

첫눈으로
세상이 하얗게 덮인 날
내딛는 첫 발자국의 상쾌함!

새로운 각오로
사회에 첫 취직을 한 날
내딛는 첫 발자국의 벅차오름!

다 좋았지만
그대 처음 만나
쿵쾅거렸던 심장만은 못하다
어림없다!

아버지 1

깔끄러운 억새에서 핀
보드라운 은빛 물결

하늘거리는 억새에서
당신 모습이 너울댄다

세찬 바람 앞에
지키고 서 있는
억새!

입춘

입춘이 되면
생각나는 사람이 있습니다
'입춘대길'
부적을 선물로 전해 주던 어머니!

이제 그 선물
받을 수 없지만
어머니 당신이 주셨던 부적
기억에서 찾아내
일상에 붙입니다

올해도
행복이 이어질 것 같습니다

터널

산과 바다, 언덕을 뚫어
터널을 만들지요
새로운 도로나
철도가 생기게 되지요

내 안에도
그대에게 달려가는
터널 하나 만들어야겠어요

이런 이런…
만들었으면 헛수고!

이미 내 안의 그대가
미소 짓고 기다리네요

가랑잎

숲길에
가랑잎이 쌓였습니다

그대와 손잡고 걸을 때마다
가랑잎이 바스락바스락!

그대와 나
딱 어울린다며
바스락!
바스락!

담쟁이

덩굴손을 뻗어
나무로 올라가는 담쟁이

그대가 보고 싶어
그리움 속으로 뻗어가는 생각

담쟁이와 그대 생각 닮았다
담쟁이는
오르는 데 한계가 있고
그대 생각은 무한대
그것 외에는
질투를 받을 만큼 닮았다

울타리

나지막한 울타리
빙 둘러 조명등을 걸었다
카페 분위기가 나는 우리 집
행복이 넘실댄다

조명 덕인가?
아니, 아니
조명등처럼 반짝이는
우리 사랑 덕!

수레

"빈 수레는
요란하다" 했지요
사랑의 깊이도
얕으면 싸우게 된다 했고

그런데 어쩌지요?
빈 수레를 채우듯
그대와 사랑
30년을 담다 보니
마음이 먼저 포근해지는데

오늘도 그대 따라 웃으며
사랑 하나 더 채우고 있는데

물음표

그대 사랑은
진한 여운이 남는 느낌표(!)

내 사랑은
간절함을 더하는 물음표(?)

하지만 그대와 나
우리 사이는
호수보다 넓은 사랑!

기차

"길면 기차
기차는 빨라
빠르면 비행기~"

기차가 가장 길다고 생각했던
어린 시절

어른이 되고 보니
가장 긴 건
끝이 없는 그대 생각!

지금도
진행 중

항아리

배가 불룩한 항아리에서
넉넉함이 느껴진다

뚜껑이 닫혀 있지만
상하지 않고, 오히려
내용물이 맛있게 숙성되는
숨 쉬는 항아리

내 안에 머물지만
답답해하지 않고
행복하게 웃어 주는
그대 닮은 항아리

화분

화분에는
식물을 심어
예쁜 꽃 피우고

내 안에는
그대를 담아
예쁜 미소를 짓게 하고

화분과 나
누가 더 행복할까?

모래밭

제주도 해변
모래밭에 글을 적었습니다
'보고 싶다!'

그런데 글쎄
"나 여기 있어!"
내 안의 그대가
대답하는 거 있죠?

그 바람에
한참을 웃었습니다

지금
함께 있었으면 더 좋을
그대가 보고 싶습니다

편지

35년 전
펜팔을 시작했어요

주고받은 편지에서
사랑이 움터
그대와 30년 넘게 살았습니다

우리 사랑
지금처럼
300년 넘게
더 이어지겠죠?

무게 중심

두 바퀴로 구르는 자전거는
무게 중심이 필요하고

두 다리로 걷는 나는
집중력이 필요하고

그런데 어쩌죠?
그 집중력
요즘 들어
자꾸만 그대에게 쏠리는데…

항구

배가 안전하게 드나들도록
항구를 만들잖아요
내 안에도
항구 하나 만들었습니다

바다 항구에는
여러 척이 정박해 있고
내 안의 항구에는
오직 한 척
그대만 있습니다.

딱 그대만
그대만 있으면 됩니다

고등어 낚시

제주도 바다에
던진 릴이
요동을 칩니다

끌어올렸더니
글쎄,
고등어 세 마리가 올라왔어요
횡재한 기분!

하지만
그대 만나 횡재한 것에 비하면
한라산 아래 돌 하나보다 못하지요

들국화

지천으로 피어난 들국화는
좋은 향기로
벌과 나비를 부르고

하나뿐인 나는
고운 마음으로
그대를 부르고

들국화와 나
누가 더 예뻐요?

장작

수십여 년 나무로 살며
세상을 이롭게 하고

죽어서도 몸을 태워
도움을 주고

새까맣게 탄 숯으로
또다시
불로 살아나는 너!

부모님 닮은
너!

처방

시도 때도 없이
그대가 생각나고
그럴 때마다
가슴이 후끈거려요

저
정상 맞나요?

별

밤하늘에 빛나는 작은 점을
우리는 별이라 하지요

금성이나 화성은
햇빛을 반사해 빛나고
스스로 태워 빛나는
별도 있다지요

별처럼 빛나는
수많은 사람 중
화려하게 빛나기보다
자신을 태워 빛을 내고
그 빛을 나누는 별이 될래요

화분

정원에 놓아 둔
화분을 옮기려는데
움직이지 않는다

한 자리에
오래 있다 보니
땅으로 뿌리를 내린
소나무!

그대에게 예쁜 모습
보이고 싶은 나처럼
싱싱한 모습 보여 주려고
땅으로 뿌리내린 너!

자석

가만히 있어도
끌리는 사람이 있다

자석에 끌리듯
내 마음을 쏙
당겨간 사람

그대는 N극!
난 S극!

3부

그대 얼굴로 피어난 꽃

사진

신분증을 잃어버려
사진을 찍으러 갔다

사진 찍는 동안
내 안의 그대까지 찍힐까 봐
조마조마!

접착제

붙이는 풀 종류는
사랑의 종류처럼 다양하다

우리 사랑을
풀에 비유한다면?

한 번 붙으면
떨어지지 않는
'초강력 접착제!'

낮달

달은 낮에도 떠 있지만
태양과 거리가 가까워
보이지 않거나
흰색으로 보인다지요

그런데 말이죠,
낮달을 보면
당신 그리워하라며
떠 있는 것 같아요

그러니
낮달을 보면
당신 생각이 더 날 수밖에요

금지구역

함부로
드나들지 못하도록
정해 놓은 구역을
금지구역이라 하지요

내 안에도
금지구역이 있어요
'관계자 외 출입 금지!'

관계자인
그대만 들어올 수 있는
금지구역!

메모

메모지에
뭔가 적으려는데
글쎄, 아무것도
생각이 안 나지 뭐예요

생각해 내려고 할수록
점점 더 또렷해지는
그대 얼굴!

어쩌면 좋지요?

수확의 계절

10월은
일 년 중
수확하기 좋은 계절

그대와
마당의 감을
상자에 켜켜이 담으면서
잘 익을 수 있게
우리 사랑도 함께 담았다

추운 겨울
더욱 달콤하게 먹겠지?

가족

가족은
부부를 중심으로
친족 관계에 있는
집단이라지요

하지만,
강아지 두 마리
마호와 노아
앵무새 두 마리
주디와 나나도 가족입니다

당신만큼
눈에 밟히는 녀석들

헉!
당신
질투하면 안 되는데

단풍

나무는
가을에 단풍이 들고
내 얼굴은
날마다 붉게 물든다

나무는
계절의 변화에 반응하고
나는
그대 생각에 붉어지고

낙엽

낙엽 밟는 소리에 담겨
가슴으로
옛 추억이 스며든다

가을 끝자락에
불어온 바람
그대와의 추억을 내민다

보고 싶은 그대!
어느새
내 곁에 와 있다

우물 2

어릴 적 동네 우물에서
두레박으로 물을 퍼 올렸다

동네 사람들이
빨래를 빨고
물을 길어가도
늘 그대로다

그러고 보면
내 그리움은
고향에서 가져온
우물!

구절초 축제

내 고향 정읍
구절초 축제가 열린다

꽃은 그 자리에 머물며
향기로 사람들을 부르고
사람은 움직이며 베푸는 사랑으로
사람들을 부른다

이제,
구절초처럼
가만히 있어도
향기로운 사람이 되고 싶다

충무공 이순신

아산으로 이사한
친정집에 다녀오는 길
현충사에 들렀습니다

정갈한 기와집
다양한 형상의 고목에서도
위풍당당한 충무공 이순신의
기상이 보였습니다

충의문 대나무 숲 소리에
13척의 배로
133척의 일본 배를 물리친
명량해전이 그려졌습니다

나라를 구한 당신이 계셨기에
오늘의 제가 있고
함께하는 남편이 있고
사랑하는 아들딸이 있습니다

"고맙습니다!"

주유소

차 연료가 떨어지면
주유소를 찾아가야 하고
그대가 보고 싶으면
그리움을 펼친다

주유소는 멀고
그대는 가깝고

차 연료는
사용하면 떨어지지만
그대 생각은
하면 할수록 더 많아진다

초고속 충전기

휴대폰 배터리가 방전되어
충전기를 꽂으면
서서히 충전되고

그대 생각을 꺼내면
봇물 터지듯
초고속 멀티 충전된다

그대는
처음 만난 그날부터
지금까지
내 안으로 훅 들어와
나에게 힘을 주는
세상에서
가장 빠른 초고속 충전기

콩나물

구멍이 숭숭 뚫린 항아리에
헝겊을 깔고
콩나물 콩을 깔아
뚜껑을 덮었다

수시로 물만 주면
쑥쑥 자라는 콩나물

그리움만 열면
쑥쑥 나오는 그대 닮았다

콩나물은 많지만
그대는 단 한 명이라
더 소중한 그대

"사랑합니다!"

풀꽃

비가 오면
풀이 쑥쑥 자라
갖가지 꽃이 핀다

이름을 몰라줘도
여기저기 뿌리를 내리고
가녀린 풀에서 피어난 풀꽃!

조그만 일에도 휘둘리고
뿌리를 내리지 못하고
방황하는 사람보다 낫다

오늘도
풀!
너에게 세상을 배운다

김밥

오늘 아침
메뉴는 김밥이다

고슬고슬한 밥에
깨소금을 뿌리고
그대 생각을 넣었다

여러 가지 재료에
추억을 얹어
새어나가지 않도록
꾹꾹 눌러 말았다

나란히 썰어
그릇에 담고 보니
예쁜 추억이 넘실넘실

우리는
덩달아 웃었다

아침 바람

눈을 뜨자마자
창문을 열었다

살갗을 스치는
아침 바람이 좋다

그대도 아닌 것이
시원하게 다가온다

그대 생각을 꺼내
함께 즐기니 더욱 좋다

다이어트

살이 찌면
음식을 조절해
살을 빼야 하고

마음이 아프면
꺼내고 버려서
마음을 비워야 하고

그런데
그리움을 꺼내면
몸과 마음은 가벼워지지만

보고 싶은 생각이
자꾸 따라 나오니
문제다
문제!

예쁜 꽃밭에서

철마다
꽃이 피는 정원
참 이쁘다

하지만
꽃이 예뻐도
그대 반에도 못 미친다

그대 생각을 꺼내면
천지가 꽃밭이다

그대와 꽃밭에서
오늘도 차차차!

가족 여행

강원도 인제로
가족 여행을 왔다

갑자기
"쿵" 소리가 났다

예쁜 아기 새가
베란다에 떨어졌다

"어머!
새가 창문에 부딪혔나 봐."

물을 줬더니
접시에 올라와
거실만 들여다본다

행복한
우리 가족 보고
어미 새가 생각난 것일까?

마음 약국

몸이 아프면
약국에서 약을 사 먹고
마음이 아프면
그대 생각을 꺼낸다

약국은
어딜 가나 있지만
그대 생각은
내 마음에만 있다

알고 보니
그대 생각은
만병통치약!

가장 맛있는 수박

더운 여름
작업실
장판 공사를 하는 날

그대가 갖다준
시원한 수박에
사랑까지 담겼다
세상에서
가장 달콤한 맛!

고됨이
스르르 녹아내렸다
그대의 진한 사랑에
더워도
시원하다고 말하게 했다

동그라미

가슴에
동그라미 하나 그려 넣고
행복한 꿈을 꿉니다

그대가 좋아하는
꽃을 심고
나무도 심었습니다

예쁜 꽃들이 피고
새들도 지저귀지만
정말 나를 기쁘게 하는 것은
꽃이, 그대
얼굴로 피었다는 사실입니다

아름다운 소리도, 그대
목소리로 들립니다

성공입니다!

달팽이

텃밭에
들깨를 심었다
깻잎을 뜯으려는데

아, 글쎄
도둑맞은 기분!

그대가 심은 깻잎에
하트가 생겼다

깻잎 뒤에 숨어 있는
새끼 달팽이
봐준다!

4부

그대가 어깨를 내미는 순간

풋사과

정원 사과나무에
사과가 주렁주렁

아깝지만
열매를 솎아내야
잘 자란다

풋풋한 사과
첫사랑 맛이다

사과는
솎아 줘야 크게 달리고

첫사랑은
시도 때도 없이 생각해야
늘 달려 있고

노을

오늘따라
저녁노을이 예쁘다

그대를 만나면
내 얼굴이 붉어지듯
하늘이 붉다

그대 생각을 꺼냈더니
하늘이
글쎄
하늘이 더 붉다

내 마음은 박물관

박물관은
유물, 기념품, 고문서가
전시되고

내 마음은
추억, 그리움, 설렘
사랑이 가득하다

박물관은 역사이고
내 마음은 현재다

지금도
그대 생각이 늘어간다

덩굴풀

보리수 나뭇가지를
담쟁이덩굴이 감고 올라갔다

나무가
숨을 못 쉴 것 같아
덩굴을 잘랐다

욕심쟁이 담쟁이덩굴
나무 위로 올라가
누굴 만나고 싶었던 걸까?

그대 보고 싶어
기다리는 내 모습 같아
자르기는 했어도
마음이 '짠'했다

선물

선물은
받을 때와 줄 때
둘 다 설렌다

늘
설레게 하는
그대는 나에게 선물!

나에게
선물을 주는 그대
그대도 설렜으면…

자전거

어릴 적
자전거를 타다
중심을 못 잡고 넘어져
쇄골이 부러졌다

자전거는
두 바퀴로
중심을 잡아야 하고

사람은
마음으로
평정심을 유지해야 한다

자전거에서
똑바로 사는
삶의 진리를 배웠다

지구

지구는
달을 위성으로 가지며
태양에서 세 번째로 가까운 행성이다

셋째딸은
예뻐서 얼굴도 안 보고
데려간다는 노래 가사처럼

지구도 세 번째라서
태양의 혜택을 받는 것일까?

나도 그대에게
세 번째 할까?
아니, 이미
변할 수 없는
첫째인데

안전지대

아침 산책길
이슬 머금은 풀잎 위
달팽이를 만났다

달팽이는
등에 집을 지고 다니며
위기 상황에서 집으로 숨고

나는
내 안의 그대와 함께하며
사랑의 울타리로 숨는다

달팽이 집처럼
그대 사랑이 내겐
세상에서 가장 행복한 안전지대!

사랑의 계단

55개 계단에 올라서야
들어갈 수 있는 집

계단을 오를 때마다
잡아준 손

그대 손길에
구름 위를 걷는 기분
100개라도 거뜬하다

그대와 함께라면
한 해에 한 계단씩
120개도 가능하다

숨 쉬는 항아리

큰 항아리를 얻었다
볼록한 항아리
엄마와 닮았다

항아리는 내용물이
상하지 않게 숨 쉬고
엄마는, 자식을
위해 울타리가 되어 준다

항아리는 넉넉한
엄마의 사랑이다

내 안에도
항아리가 있다
내 엄마와
아이들에게 엄마인
항아리 두 개가 있다

아버지 기일

하늘나라 가시고
첫 기일이다

아빠 만날 생각에
소풍 가는 기분!

"아빠, 이따 올 거지?
저녁에 만나요."

형제들이 모여
정성으로 음식을 준비해
아빠를 기다렸다

외출했다 오신 듯
아빠가 오셨다
흐뭇해하신다

아빠는
늘 곁에 계셨다
"아빠, 사랑해요."

사랑의 지하철

서울에서 강의하는 날
지하철을 탔다

자리에 앉자마자
눈을 감고
그대 생각을 꺼냈다

옆자리에
다정하게 앉은 그대!
기대려다 깜짝 놀랐다

그대가
어깨를 내미는 순간
정신이 퍼뜩 들었다
다른 사람이 앉아 있었다

아,
사랑하는 그대!
"이제 눈 뜨고 생각할게요."

오빠 생일

큰오빠 생일날
오빠 선물과 엄마에게
전하는 선물을 함께 보냈다

육 남매를 낳아 길러 주신
위대한 엄마!

한세월 흘러도
엄마는 여전히 위대한
바다고 우주고
큰 나무다

"엄마, 사랑합니다!"

발자국

아이가 갓 태어났을 때
발자국을 찍어 두었다

그 조그맣던 발이
성인이 되어
엄마보다 더 커졌다

발만 큰 것이 아니라
가족을 보호하는
든든한 기둥으로
성장한 아들!

잘난 사람
수만 명을 보내 봐라
내가 바뀌나?

소나기

퍼붓는 소나기에
얼굴을 내밀고
양팔을 벌려
비를 맞은 적 있습니다

답답한 가슴 뻥 뚫리게
씻어내리고 싶었던 그날!
실컷 비를 맞고 나면
마음까지 시원해집니다

시원해진 마음에
이제
그리움이 내렸으면 좋겠습니다

이사

이삿짐 정리하다
해먹*을 찾았다

나무에 달고
그물침대에 누웠다
하늘에
그대 모습이 보인다

그대가 보이는 곳이면
어디서든 행복!

* 기둥 사이나 나무 그늘에 매달아 침상으로 쓰는 그물

냉커피

커피에 얼음을 담고
냉커피를 만들었다

따뜻한 커피를 좋아하지만
그대와 함께 마실 때는
냉커피를 마신다

커피를 마시면서
가슴까지 시원하다며
웃는 당신!

"이 느낌도 보태 줄까?"

오도독오도독
얼음을 씹었더니
더 큰 미소를 보낸다

눈금자

컴퓨터 문서 작업에
눈금자가 도움 된다

세심하게 살펴 주는
그대처럼 든든하다

눈금자 덕분에
바빠진 내 손가락

아, 내 안의 그대가
보고 있어 일이 잘되나?
다음 할 일을 안내해 주나 봐

아,
아니지
내 안의 그대가 있어
잘되는 거였지

단추

내 안에 그대를 담아 두고
나만 보려고
단추를 여몄다

단추를 여미고 보니
답답하게 가두는 것 같아
미안하다

단추 자리에
그대 얼굴을 달았다
사람들이 보면
이쁘다 소리밖에 더하겠어?

얼음

너는 수정이야
차가움까지 간직했지만
몸을 녹여
사람들의 갈증을 풀어 주지

몸을 태워
불을 밝혀 주는 촛불처럼
자신을 녹여
상대를 이롭게 하는 희생정신

나, 너를 닮고 싶어
너를 통해
오늘도 배운다

책장

책장에 꽂힌 책은
장식품이 되지만
내 손에 잡힌 책은
지혜가 됩니다

오늘은
무슨 책을 읽을까요?
책장의 책을 보는데
보이는 책이 모두
그대 얼굴입니다

내리는 비를 보며
그대 생각 꺼냈는데
그리움이 책장을 이겼습니다

가위

무서운 꿈을 꾸었을 때
가위눌렸다 하지요

그럴 때는
가위로 자르세요

그대 사랑이라는
든든한 가위로

컬러복사기

컬러복사기는
색까지
그대로 복사가 되지요

내 마음도
그대로 복사가 된다면

그대 웃는 얼굴만 나오겠죠?
온통 그대 생각뿐이니까

나팔꽃

나팔꽃은
왼쪽으로 물체를 감고
햇빛에 민감하다

그대를 마음에 품고
사랑에 민감한 나처럼
늘 수줍은 꽃!

아침이면
방긋 웃는 나처럼
사랑스럽다

컵

컵 속에
무엇을 담을까?
모닝커피, 따뜻한 물
냉수, 과일주스…

내 컵에는
무엇을 담아도 똑같다
방긋 웃는 그대만 보이니까

다 마신
빈 잔에도
그대만 보고 있으니까

5부

그대 향기 가슴에 담고

내가 먼저

내 안의 그대에게
가장 듣고 싶은 말
사랑해!
가장 해 주고 싶은 말
사랑해!

그래서
내가 먼저 말했다.
"사랑해!"

옥돔지리

돌솥에
뽀얀 국물이 끓고 있다.
한 스푼 떠서 맛을 본다
"아~
이 맛이야!"

국물 맛이
그대 눈빛처럼 포근해서
깜짝 놀랐다

마음까지
따뜻해진다

장미 가시

가녀린 꽃잎에
가시 돋친 꽃

예뻐서 만지려다
가시에 찔렸다

예쁘기만 하면 뭐해?
질투의 화신처럼
사나운걸…

그래도
나처럼
예뻐서 용서된다

새 신발

새 신발을 신으면
불편할 때가 있듯
사람도 처음 만나면
적응 기간이 필요합니다

하지만, 가끔은
새 신발이 쏘옥 맞는 것처럼
한눈에 뽕 가는 사람!

바로
내 곁의
당신이 그랬습니다

단풍잎

계절의 변화로
나뭇잎이
빨간색, 노란색,
갈색으로 변하고 있습니다

계절이 지날수록
우리 사랑도 점점 짙어집니다

단풍잎과
우리 사랑이 다른 것은
시간이 지나면
단풍잎은 떨어지지만
우리 사랑은
더 달라붙는 것이지요

귀뚜라미

귀뚜라미는 영역을 과시하거나
짝을 부를 때
울음소리를 낸다지요

그대 그리운 나는
어떻게 하면 좋을까요?

가슴속 그대가 손짓합니다
'나 안 보여?'

비움

"달도 차면 기운다"는
속담이 있지요

연잎도 이슬이 무거우면
비워 냅니다

그런데
그대 생각은 아무리 차도
비워 낼 수가 없습니다

"당연하지!"
그대만 생각하면
행복해지는데
왜 비워 내요?

귤

주문한 귤을 먹으려다
깜짝 놀랐다

누구야?
우리 사랑 훔쳐서
귤에 넣어 둔 사람?

거울

"거울아 거울아
세상에서 누가 제일 예쁘니?"

"그대 생각하는
당신입니다."

빙고!
거울 속에서
그대가 웃는다

헉!
마음마저 보여 주는
거울 앞에서는
속마음을 숨기기 어렵다

사랑해

나를 녹여 버리는
가장 강력한 단어

1초도 안 돼
착 달라붙는 메시지

모란앵무

모란앵무새가
어깨 위로 날아와
이틀 밤을 잤는데
열어 둔 창문 틈으로
멀리 날아가 버렸다

4시간 후
다시 날아와
내민 손에 앉은
앵무!
"너! 누구니?"

태어난 지
일 년쯤 되었다는데
일 년 전에 돌아가신 아빠가
환생해 온 것은 아닐까?

겨울나무

나뭇잎이 모두 떨어진
앙상한 겨울나무

본연의 자태를
당당하게 드러낸 모습에서
엄마가 보인다

한평생 자식을 위해
가족을 위해 헌신하신 엄마!

내년에는
앙상한 가지에
엄마를 위한 싹이 돋아나길

이제, 엄마의 삶을
찾아드리고 싶다

아,
엄마! 사랑해요

아버지 2

답답할 때 겨울 바다를 찾는다
바닷속 많은 생명을 품고
바닷물에 파고드는 세찬 바람을
파도로 맞서고 있는 바다!

겨울 바다에서
그대 닮은 거인의 모습을 본다

바닷속 생물들이
추운 겨울 잘 지낼 수 있도록
든든하게 울타리가 되어 주는 바다!

나를 보호해 주는 아버지
당신과 닮았다
포근하다

보물 그릇

그릇은
여러 가지를 담아낸다

담아내는 그릇에 따라
담긴 것들이 달라 보인다

"나도 그릇이다."

그대를
보물로 담고 있게
행복으로 만든 그릇

고드름

처마 밑 고드름은
햇빛을 만나
수정처럼 빛나고

내 사랑은
그대를 만나
보석보다 아름답다

고드름은 햇빛에 녹아
점점 짧아지지만
내 사랑은
그대가 있어 점점 길어진다

돌담

제주에는 돌담이 많다
바람을 안고 살아야 할
제주의 운명!

제주는 돌담 구멍으로
바람을 지나가게 해야
집을 지킬 수 있고

우리는 마음을 비워
바람을 내보내야
제자리에 똑바로 설 수 있고

돌담에서
삶의 지혜를 읽는다

환하게 웃는
나를 만난다

마스크

코로나 정국!
마스크가 일상이 되어
안 쓰면 허전하다

실외 마스크 해제에도
익숙해져 벗지 못한다

익숙해진 그대 곁을
쉽게 떠나지 못하는 나처럼
가까이 있으면
모두 일상이 된다

오늘도 그대의
편안함 속에 머문다

비밀번호

버튼을 누르고
문을 잠갔습니다
나만 아는 번호지만
비밀이 아닙니다

번호를 누를 때마다
그대가 보고 있어
그대에게는
비밀을 가질 수 없습니다

'사랑해'
그대의 비밀번호도
나만 볼 수 있습니다

휴대전화

사진과 영상
전화번호까지
다 담을 수 있는 휴대전화

투정과 장난
사랑까지 다 받아 주는
그대 닮았다

하지만
휴대전화는
더 많은 것을 채울 수 있고
그대에겐
넓어도
내 생각만 채워야 하고

등나무

나무 아래 앉아 있는 내게
그늘을 주는 등나무!

나를 보호해 주는
그대 닮은 등나무!

어서 꽃을 피우렴!
네 향기 가슴에 담고
그대 생각 실컷 하게

안경

돋보기를 쓰면
선명하게 잘 보인다지요?

제 마음에도
돋보기가 있나 봅니다

늘
그대 모습이
크게 보이는 걸 보면

그래서
벗지 않고
늘 쓰고 있습니다
행복합니다

빈 의자

제 마음에
빈 의자 하나 놓았습니다
누구나 와서 앉을 수 있게

하지만,
그 의자 주인은
늘 그대였습니다

그대 곁에
살포시 앉아
오늘도 달콤한 꿈을 꿉니다

내 마음의 단풍

사계절이
뚜렷한 우리나라
가을이면
단풍이 절정을 이룬다

365일
뚜렷한 성장을 꿈꾸는 나
연말이면
성취감에 단풍 든다

새싹으로 시작될
내년에는
내 마음에
어떤 색깔을 입힐까?

그는 "가만히 있어도 끌리는 사람"

서용순_ 수필가, 이지출판 대표

"스승의 가르침을 따르고(守), 일부러 그 가르침을 깨뜨리며(破), 마지막으로 독자적으로 발전시킨다(離)."

대만대학에서 철학을 가르치는 허루이린 교수의 『처음 시작하는 미학 공부』에 나오는 구절이다. 김순복의 시를 읽으면서 문득 이 문장이 떠올랐다. 서예나 그림을 처음 시작할 때 본(本)이 되는 것을 놓고 따라하듯 창작은 모방의 시간이 쌓여서 이루어진다. 그래서 '모방 없는 창조'는 없다고 한다. 글을 쓰는 것도 마찬가지다. 학교에서 배우거나 스승으로부터 사사(師事)할 때 모방의 단계에서 기본기를 갈고닦는다. 이 과정은 매우 중요하다. 기본이 탄탄해야 응용이 가능하기 때문이다.

농사를 지을 때도 얕게 갈아 놓은 땅에서는 뿌리가 튼실할 수 없다. 당연히 소출도 부실해진다. '제대로 갈고닦지 않고 내공을 쌓지 못하면' 깨뜨릴(破) 수 없다. 스승의 가르침을 따르되(守) 그보다 한 단계 나아갔다는 건 좀 더 성장했다는 뜻이다. 그러나 파(破)는 진정한 리(離)에 이르기 위해 '자신만의 방식'을 연마하고 창조의 세계로 나아가도록 꾸준히 노력해야 한다는 것이다.

김순복은 이 수파리(守-破-離) 과정을 충실히 밟아가고 있는 듯하다. 그의 시 속에는 유니크한 사유들이 촘촘히 연결되어 있다. 그가 쓰는 시어들은 평범하지만 독자적인 색(色)을 지녀, 지루하지 않고 경쾌하다. 제목 「가만히 있어도 끌리는 사람」처럼 시인의 의도가 드러나 있는 듯하지만 누가? 왜? 하는 묘한 궁금을 불러일으키게 한다. 독자의 시선을 붙드는 그만의 독특한 방식인 듯하다. 사실은 그가 "가만히 있어도 끌리는 사람"이다.

김순복은 참 부지런하다. 2021년부터 감성시를 쓰기 시작해 벌써 세 번째 시집을 펴낸다. 사물과 세상을 새롭게 해석해 내는 즐거움을 알기에 이 창조적인 작업에 몰두하고 있는 것이리라. 그래도

창작의 과정은 외로움이다. 이 과정은 결코 즐겁지 않다. 하지만, 그에 비례해 말할 수 없는 희열을 안겨 주기에 그는 이 은밀한 기쁨을 누리고 있는 것이 아닐까 싶다.

사랑하는 행위와 글을 쓰는 행위가 어쩌면 같을 수 있다는 생각이다. 사랑하는 이에게 마음을 열고 비밀을 공유하는 것처럼 글의 대상과 나와의 직접 간접의 교감과 비밀 소통이 같지 않은가. 또 어떤 사물이나 대상을 통해서 보이는 것 이상의 무엇을 도출해 내는 과정이 그렇지 않은가. 그것은 사랑이기도 하고 지적 카타르시스이기도 하다.

김순복의 세 번째 시집엔 123편의 시가 실려 있다. 그의 시선과 호흡, 상상과 비유, 반전의 묘미를 123번 음미하다 보면 가슴이 따뜻해지고 입가에 저절로 웃음이 피어난다. 그래서 처음으로 돌아가 다시 책장을 넘기고 싶어진다. 그의 묘한 시적 장치에 이끌리게 된다.

이제 '글은 곧 그 사람이다'라는 말은 너무 흔하다. 하지만 글을 쓰는 사람이라면 이 말의 의미를 명심해야 한다. 작가의 한 줄이, 한 문장이, 한 권의 책이 누군가의 삶을 바꿔 놓을 수도 있기 때문이다. 그래서 작가는 온 힘을 다해 진력해야 한다고 믿는다. 지금 김순복 시인은 시라는 그릇에 그 진심을 담아 세상에 내놓는다.

"창조는 끊임없이 모방하고 정해진 틀과 관습을 깨뜨리며 마침내 자기만의 양식을 확립하는 것"이라고 했다. 청출어람(靑出於藍)은 이때 비로소 쓰는 말이 아니겠는가.